Usages Locaux

du Canton de

Saint-Martin-de-Seignanx

(Landes)

PAR

PAUL LAPORTE

JUGE DE PAIX DU CANTON

2ᵉ ÉDITION, REVUE ET AUGMENTÉE

BAYONNE

IMPRIMERIE LAMAIGNÈRE, RUE JACQUES LAFFITTE

1905

Usages Locaux

du Canton de

Saint-Martin-de-Seignanx

(Landes)

PAR

PAUL LAPORTE

JUGE DE PAIX DU CANTON

———✳———

2ᴱ ÉDITION, REVUE ET AUGMENTÉE

BAYONNE

IMPRIMERIE LAMAIGNÈRE, RUE JACQUES LAFFITTE

—

1905

AVANT-PROPOS

En juillet 1848 et, plus tard,. en 1862, des commissions avaient été officiellement constituées pour rechercher les usages locaux encore en vigueur dans le département des Landes et pour les codifier.

Je ne crois pas que dans notre canton cette œuvre ait été seulement entreprise, du moins toutes les recherches faites par moi , pour retrouver le travail de la commission à cet effet instituée, ont été infructueuses.

J'ai voulu combler cette lacune parce que cet état de choses présente dans la pratique des affaires de sérieux inconvénients et devient la source de nombreux procès. J'ai été aidé dans cette tâche par quelques amis, dont l'expérience et le concours bienveillant m'ont permis de la mener à bonne fin. J'ai recherché les usages de toutes nos communes ; je les ai groupés afin d'établir une seule jurisprudence cantonale qui aura force de loi, car, à défaut de texte précis, c'est aux usages locaux que l'on doit se référer pour la solution de certaines difficultés. La nouvelle loi du 18 juillet 1889 dispose elle-même, en son article 13, que les baux à colonat partiaire seront régis dans un grand nombre de cas, par l'usage des lieux.

J'ai adopté l'ordre alphabétique, afin de rendre les recherches plus faciles ; chaque mot désigne un usage qui est traité d'une manière complète.

J'ai cru, en écrivant cet opuscule, rendre un service à mes justiciables ; je serais heureux d'avoir réussi.

Paul LAPORTE.

NOTA. — Les usages locaux recueillis dans cet opuscule sont applicables au bail à métairie ou contrat à colonat partiaire, lorsqu'il est fait verbalement.

Les règles applicables aux fermiers sont contenues dans un article spécial.

Usages Locaux

DU CANTON DE SAINT-MARTIN-DE-SEIGNANX

(Landes)

A

Abeilles. — Il n'existe pas de distance fixée pour le placement des ruches ; on doit s'en tenir aux dispositions de l'article 1382 et suivants du Code Civil.

Animaux de basse-cour. — En principe, les poules, oies, canards, pintades, sont attachés à la métairie et appartiennent au chef de ménage. Aucun des enfants vivant avec lui ne peut en revendiquer une part. Cependant, si le chef de ménage en accorde une partie à un de ses enfants, il est tenu d'en donner autant à tous les autres, s'ils ont aidé à les nourrir.

Il n'en est pas de même pour les porcs ; un de ces animaux appartient au chef de ménage, mais s'il en est nourri plus d'un, à la sortie de la maison de l'un des enfants, celui-ci a droit à une part proportionnelle entre le nombre d'ayants-droit et de bêtes nourries.

Animaux de trait. — Aucun métayer n'a le droit de tenir un attelage. Si le propriétaire lui accorde cette faculté, il doit payer une redevance annuelle de 10 francs par âne attelé et de 15 francs par cheval attelé. En outre, il doit six journées de transport au propriétaire.

Si la bête de trait est une femelle, s'il naît un produit, celui-ci est partagé par égales parts entre le propriétaire et le métayer.

Animaux domestiques. — Aux termes de l'article 1385 du Code Civil, le propriétaire d'un animal, ou celui qui s'en sert, est responsable du dommage causé par l'animal, soit qu'il fût sous sa garde, soit qu'il fût égaré ou échappé.

Jadis, lorsque le bétail pénétrait sur la propriété d'autrui, on exigeait une indemnité dite droit d'entrée, ainsi fixée :

Pour une tête de bétail à corne, de 2 à 5 francs ;
Pour un mulet ou cheval, de 3 à 5 francs ;
Pour un âne, de 2 fr. à 2 fr. 50 ;
Pour un porc, de 1 fr. à 1 fr. 50.

Ce droit d'entrée ne se perçoit plus ; le juge alloue des dommages-intérêts proportionnels au préjudice causé, dommages-intérêts qui ne peuvent être inférieurs à une peine de simple police.

Il n'y a pas obligation de prévenir le Maire et s'il n'y a pas de fourrière désignée dans la commune, les animaux peuvent être gardés où ils ont été pris, mais il faut en aviser de suite leur propriétaire, s'il est connu, ou faire d'urgence toutes les démarches nécessaires pour arriver à le connaître.

On ne laisse partir les animaux qu'en présence de témoins, lorsque les parties ne s'entendent pas sur l'indemnité due pour le dommage.

Assurances. — La prime est payée par l'assuré. Les Compagnies d'assurances exigent une prime spéciale pour risques locatifs ; il est de l'intérêt des colons et autres de s'assurer. Si l'assurance est faite par la même Compagnie qui a assuré le propriétaire, celle-ci ne prend pas généralement de prime supplémentaire.

Arbres. — On suit les dispositions de la loi, article 671, Code Civil, modifié par la loi du 20 août 1881.

Avoine. — L'avoine se mange toujours en vert, comme fourrage. Si on la laisse arriver à maturité, le grain est partagé par moitié.

B

Baradeaux. — Le baradeau est une clôture en terre qui est toujours établie du côté de celui qui clôt.

Les baradeaux sont faits par le propriétaire ; il paie la main-d'œuvre, même au métayer, si celui-ci l'élève sur son ordre ; ils doivent être entretenus par le métayer à moins de cas de force majeure.

Le fossé appartient toujours au baradeau ; il a généralement 1 m. 20 de largeur et 0 m. 10 de franc-bord. S'il n'y a ni bornes ni fossés, le propriétaire du baradeau est admissible à exercer un droit de propriété sur un largeur de 1 mètre 30 de terrain à l'extérieur du baradeau.

Baux. — Le bail est presque toujours verbal et se trouve, dès lors, régi par les dispositions contenues dans ce livre, par celles du Code Civil et par la loi du 18 juillet 1889. Il serait bon cependant d'avoir des baux écrits, la loi attachant plusieurs privilèges à la forme écrite et autant que possible cette forme écrite devra recevoir date certaine conformément à la loi.

Les fermiers n'ont pas souvent de bail écrit ; ils sont régis par les mêmes dispositions que les métayers, exception faite de quelques règles qu'on trouvera à l'article FERMIER.

La durée de la jouissance est de un an ; le bail est censé être renouvelé pour un an seulement lorsque le colon continue à occuper les lieux et s'il n'en a pas été dûment donné congé par le bailleur.

L'entrée en jouissance est fixée au 11 novembre, tant pour les locations urbaines que pour les locations verbales. (VOIR CONGÉS, ENTRÉE EN JOUISSANCE).

A Tarnos-Forges, les locations des maisons et appartements se font au mois.

L'entrée en jouissance est donc variable, et peut se

faire dans le courant du mois, le bail finissant à pareille date le mois suivant.

On doit se prévenir un mois à l'avance de la cessation du bail. (VOIR LOCATION.)

Betterave. — Les colons qui partagent les porcs ont droit de faire toute la betterave nécessaire à la nourriture de ces animaux et à celle du bétail.

Ceux qui ne partagent pas les porcs ne peuvent pas faire de la betterave sans l'autorisation du propriétaire.

Dans le premier cas, le colon ensemence environ quatre ares en betterave pour chaque paire de porcs adultes qu'il nourrit ; dans le second, le propriétaire fixe le nombre de sillons destinés à cette culture et se réserve, hors-part, autant de sillons de maïs.

Au départ du colon, la betterave est partagée, par égales parts, entre lui et le propriétaire, s'il en reste après une consommation normale. Le colon ne peut emporter sa part dans la nouvelle métairie qu'il va exploiter, qu'après que le partage aura été fait.

Bois de Chauffage. — Le colon peut jouir du bois des haies situées autour des champs et de celui des arbres étêtés qui lui auront été désignés par le propriétaire. Il ne peut en jouir que pour son usage personnel et, en aucun cas, il ne peut en vendre.

Le bois de chauffage peut se couper avant la pousse du printemps, dès l'âge de cinq ans, lorsqu'il s'agit d'essences tendres, telles que saules, vergnes, etc..., et à l'âge de sept ans pour les essences dures : chênes, ormeaux, etc...

Le maître n'est tenu à aucune fourniture de bois, lorsque celui des haies et têtards vient à manquer au métayer.

Le colon ne peut, en aucune façon, couper des arbres de pied, de quelque nature qu'ils soient, même pour des réparations à faire aux immeubles. A sa sortie, le colon doit laisser à la métairie le bois qu'il aurait coupé et ne pourra pas en emporter.

C

Canaux. — Les curages aux canaux se font généralement de Mars à Mai. Ils sont annuels pour les canaux à eaux dormantes et bisannuels pour les canaux à eaux de source vive et courantes, dits *estés*.

Le curage et l'entretien sont à la charge du métayer ou fermier ; chacun d'eux y contribue en proportion de la terre dont il a la jouissance, lors même qu'ils ne jouissent pas des terrains qui sont en bordure.

Lorsque les canaux sont sous le régime syndical, des syndics veillent à l'exécution des travaux ; en cas d'inexécution, ils ont le droit d'imposer au récalcitrant une amende de deux francs par chaque journée de travail qu'il aurait dû fournir. Cette amende est employée à payer l'ouvrier qui fera les travaux au lieu et place du contrevenant.

Le curage des canaux non navigables, assujettis au régime préfectoral, se fait par les propriétaires sur la moitié du plafond du canal, au regard de leurs propriétés ; ils jettent sur leur fond les terres du curage. Les maires et agents du service hydraulique fixent les conditions et époques des curages.

Charpentiers. — (VOIR OUVRIERS.)

Charrois. — Le métayer ne peut faire aucun charroi pour son compte, le bétail qu'on lui donne n'étant que pour les travaux de la métairie. Cependant et avec l'assentiment du maître, le colon peut donner quelques journées à ses voisins, à titre de réciprocité pour le transport des récoltes et pour les déménagements. Hors ces cas, tout charroi est défendu.

Chaudronniers. — Les métayers contractent des

abonnements avec les chaudronniers aux conditions
suivantes :

Pour un chaudron en cuivre, un quart d'hectolitre
de maïs par an ; pour une grande chaudière, un demi-
hectolitre de maïs. L'abonnement commence et finit le
11 novembre.

A défaut de maïs, on donne pour un chaudron
2 francs par an ; pour une chaudière, 3 francs au
moins.

Le chaudronnier entretient les chaudrons et les
remplace quand ils sont usés.

Chênes-Lièges. — Ils sont toujours exploités par
le propriétaire ; le colon peut ramasser le gland tombé.

Cheptel. — *Achat, vente, échange.* — Il n'y a aucune
formalité ; le propriétaire et le colon se mettent d'accord, mais l'avis du propriétaire prévaut.

Un jugement du Tribunal de Bazas, appuyé sur un
arrêt de la Cour de Cassation du 30 Octobre 1888, décide
que le propriétaire d'un animal vendu dans une foire
par un métayer sans le consentement du maître, avait
le droit de le saisir-revendiquer et d'exiger la restitu-
tion de l'animal vendu en remboursant les frais d'achat
et les frais de nourriture.

Tous les frais de déplacement des bestiaux, amenés
au marché, et des conducteurs, sont à la charge du
colon.

2. *Bretonne.* — Chaque colon peut, avec l'assentiment du propriétaire posséder une vache bretonne,
pour laquelle il paie une redevance annuelle. Chez
quelques colons l'usage de la bretonne est exclusif et
on partage le produit ; chez d'autres, ils paient une
somme fixée et gardent tout le lait pour eux.

La redevance annuelle est généralement de 15 francs.
Elle est quelquefois de 20, même de 22 francs, mais,
dans tous ces cas, le produit et le lait appartiennent
au métayer.

Quelques propriétaires exigent vingt francs ou gardent le produit.

Lorsque la redevance annuelle n'est que de dix francs, le produit se partage.

Il y a des colons qui ont la moité du capital de la vache bretonne : ils donnent alors au maître cinq francs pour le lait et la moitié du produit.

Lorsque le colon ne paye pas de redevance annuelle, il partage le produit et profite seul du lait.

Si le colon tient deux vaches bretonnes, il paie 15 francs pour chacune d'elles ou bien il donne 15 francs pour une et laisse le produit de l'autre.

3. *Capital.* — Généralement le capital est au maître ; on partage le profit et la perte.

Quelques propriétaires obligent le métayer à fournir la moitié du capital ; si, à son entrée à la métairie, le colon n'a pas les fonds nécessaires, cette moitié à fournir se forme lors des ventes de bétail, c'est-à-dire que le colon ne touche sa part de bénéfice qu'autant que la moitié du capital a été faite. D'autres laissent invendu le bétail qui naît à la métairie, jusqu'à ce que celui-ci arrive à remplacer celui qui a été donné en rentrant. D'autres, encore, mais ils font exception, exigent du colon un intérêt du capital au taux de 5 %.

A Saint-Barthélemy, dans la barthe, le capital est à moitié.

4. *Echange.* — (VOIR ACHAT.)

5. *Nourriture.* — Le colon nourrit le bétail avec les fourrages récoltés sur la métairie ; les fourrages achetés supplémentairement en cas d'insuffisance de ceux récoltés, sont à la charge du métayer. Cependant quelques propriétaires, si le fourrage vient à manquer, en fournissent la moitié ; mais ils ont toujours le droit d'appécier quand cette mesure peut être prise.

6. *Règlement en fin de bail.* — Quinze jours avant la fin du bail et pas plus tard que le 2 Novembre, sur

l'ordre de la partie la plus diligente, on procède au réglement du cheptel.

Si le bétail a été pris sans estimation, c'est à celui des deux qui a donné le congé à l'autre, à faire amener sur le marché le plus voisin, le cheptel pour le vendre, à moins qu'ils ne préfèrent les deux s'en tenir à l'estimation.

L'expertise du cheptel n'est pas obligatoire, comme on vient de le voir, mais si on y a recours, chacune des parties paye les honoraires de son expert. Ceux du troisième expert, si cette nomination devient nécessaire, sont supportés par moitié par le propriétaire et le colon.

L'expertise doit être faite en présence du métayer rentrant, s'il doit se charger du cheptel de son prédécesseur, ce qu'il fait généralement. Dans ce cas, les experts sont désignés par les deux colons.

On doit amener le bétail sur le marché le plus rapproché du lieu d'exploitation et d'un commun accord entre le propriétaire et le métayer.

7. *Saillies et Châtrages.* — Se paient par moitié.

8. *Perte du cheptel.* -- L'article 1827 du Code Civil n'est pas applicable aux baux à cheptel faits dans le canton. Si le cheptel périt, cette perte est supportée par le métayer ou fermier et le propriétaire.

9. *Privilège du bailleur.* — Le propriétaire a le droit de garder le bétail au prix de l'estimation, de préférence au métayer, et sans être tenu de dénoncer cette préférence avant l'expertise.

10. *Soins du Vétérinaire et Médicaments.* — Ils sont supportés par moitié. Le métayer, d'accord avec le propriétaire, décide s'il y a lieu d'avoir recours à l'homme de l'art, mais l'avis du propriétaire prévaut.

11. *Sociétés dites de Bétail.* — Il n'y a pas obligation, ni pour le bailleur ni pour le preneur, de s'inscrire à une société ou compagnie de bétail. L'inscription par

!e fermier ou le colon n'entraîne pas l'obligation du maître à en supporter les effets.

12. *Vente*. — (VOIR ACHATS.)

Cime de maïs. — La cime de maïs, comme la paille de froment, est immeuble par destination ; elle doit être consommée dans la métairie où elle a été ramassée, par le bétail vivant dans la métairie.

Si, en entrant, le colon a apporté avec lui de la cime, il a le droit, en quittant la métairie, d'en emporter autant, mais jamais davantage. L'année de sa sortie, 'e colon doit faire consommer normalement la cime, quand même l'excédent probable ne suffirait pas à parfaire la quantité qu'il en aurait apportée en rentrant.

Clôtures. — Lorsque l'on fait une clôture artificielle, les matériaux sont fournis par le propriétaire et la pose en est faite par le colon.

Si la clôture est faite sur la demande du métayer et acceptée par le propriétaire, le tout est fourni par moitié. (VOIR BARADEAUX.)

Toutes les clôtures étant considérées comme immeubles par destination, le métayer, fermier ou tenancier sortant ne peut les enlever : il ne lui est dû aucune indemnité de ce chef.

Congés. — Le congé se donne généralement par l'intermédiaire de deux voisins ou amis.

En principe, le congé est valable, si les parties reconnaissent l'un l'avoir donné, l'autre l'avoir reçu. Si l'un des deux nie, la preuve testimoniale échappe par argument de l'article 1715 du Code Civil et est, par conséquent, sans aucune valeur.

Le Tribunal de la Seine, par jugement du 25 Mars 1886, décide que le congé donné par lettre recommandée est suffisant. Mais encore faut-il justifier que la partie intéressée a été réellement avisée.

Pour éviter toute contestation, le mieux est de recourir au ministère de l'huissier.

Le fait de laisser le successeur semer les fourrages et travailler au jardin, sans protestation, indique acceptation de congé.

Epoque des Congés. — Le congé est valable s'il est donné avant le 15 Août, à midi, au plus tard, soit pour les métairies, fermes, ou pour les maisons occupées par des locataires.

Par exception, à Ondres et Tarnos, on peut donner congé jusqu'au 24 juin à midi, pour les fermiers, colons et locataires ayant un peu de terre labourable et jusqu'au 15 août, à midi, pour les locataires de maisons avec jardin. (VOIR ENTRÉE EN JOUISSANCE.)

Constructions nouvelles. — Le colon ou fermier qui a construit dans les lieux loués, est fondé, à la fin de la location à l'enlever si le propriétaire ne veut pas payer la valeur de la construction (Art. 555 C. Civil). Mais le preneur ne peut faire aucune construction nouvelle sans l'autorisation du bailleur. Il doit rendre à l'expiration du bail les lieux conformément aux dispositions de la loi et dans l'état où il les a pris.

D

Dépouille du Maïs. — Elle doit se consommer dans la métairie. A sa sortie, le colon doit laisser la moitié de la dépouille ; s'il n'en a pas trouvé en rentrant, il n'est tenu d'en laisser la moitié qu'après estimation.

Domestiques. — On paye les vachers et autres domestiques au mois et à l'année, en nature et en argent.

Les enfants des deux sexes se paient en habits et en nourriture, jusqu'à l'époque de leur première communion, et, à partir de cette date, le sexe masculin est payé à l'année et en argent, le sexe féminin généralement au mois et en argent.

Un vacher ou domestique de ferme, de douze à seize

ans se paie de 60 à 80 francs par an ; de vingt ans et au-dessus, de 180 et 200 à 300 francs par an.

Une fille de seize à dix-huit ans et au-dessus se paye 120 francs par an et on lui donne en outre une paire sabots, une paire tabliers et une paire chemises.

Un garçon de douze à vingt ans reçoit, en plus de ses gages, un pantalon, une paire chemises et une paire de sabots.

A Ondres, il y a un vacher communal auquel on donne 1 fr. 50 par mois pour chaque vache qui lui est confiée.

La loi du 2 août 1868 a abrogé l'article 1781 du Code Civil. Dès lors, le maître n'est plus cru, sur son affirmation pour la quotité des gages, pour le paiement des salaires et pour les à-comptes donnés pour l'année courante.

E

Engrais chimiques. — Ces engrais sont achetés de compte à demi, excepté à Biarrotte où la part du métayer dans l'achat des engrais est proportionnelle à sa part dans la récolte.

Entrée en jouissance. — 1. *Règle générale.* — Dans toutes les communes du canton l'entrée en jouissance est fixée à la Saint-Martin, 11 novembre, tant pour les locations urbaines que pour locations rurales, sauf exception à Tarnos où l'entrée en jouissance des locations urbaines n'a pas de jour fixé.

2. *Froment.* — C'est le colon rentrant qui le fait ; son prédécesseur est tenu de lui donner les facilités nécessaires pour l'ensemencement, quand la saison exige qu'il commence les travaux avant d'occuper les lieux.

3. *Jardin.* — Les fermiers et les métayers sortants doivent livrer à leurs successeurs la moitié du jardin potager, le 15 août.

4. *Terres pour fourrages*. — Le colon rentrant fait les fourrages d'hiver et de printemps (navets, trèfles, farouch, etc.) sur soles convenables ; il peut disposer à cet effet, de la moitié de la terre où il y a eu du froment et s'il n'y a pas de chaumes de blé, d'une partie des terres où, l'été précédent, on a récolté des céréales.

F

Faisandiers. — On désigne ainsi la personne qui prend à bail des parcelles de terre. Le bail se paye en espèces.

Si le bail est consenti pour des prairies, il expire après la récolte du dernier regain ; s'il est consenti pour des terres le bail se continue tout le temps qu'une récolte peut être faite dans le courant de l'année agricole, pour les blés après leur rentrée, et celle des fourrages si on en fait après ; pour les maïs, dès la rentrée de la récolte.

Les formes du congé ne diffèrent pas de celles d'habitude.

Farouch. — Ce fourrage doit être consommé en vert ; si on en fait sécher, il doit être consommé dans la métairie où il a été récolté et en aucun cas le métayer ne peut en vendre, sans y être autorisé.

A la sortie du colon, s'il en reste, il est partagé par égales parts.

Fermiers. — 1. *Arbres*. — Le fermier ne peut toucher à aucun arbre de pied.

2. *Bois de chauffage*. — Le fermier a les droits et obligations des colons. (VOIR BOIS DE CHAUFFAGE.)

3. *Droits et obligations*. — Le fermier a la pleine disposition des terres labourables, vignes et prés, sous l'obligation d'en jouir en bon père de famille et sans les détourner de leur usage, jusqu'à l'expiration de son bail. Il ne peut toucher aux bois taillis, en retirer la

feuille, ni y laisser paître son bétail, sans l'autorisation du propriétaire.

Il doit entretenir les canaux et fossés d'écoulement.

Il est tenu des réparations locatives. (VOIR RÉPARA TIONS LOCATIVES.)

4. *Foins.* — Ils appartiennent au fermier.

5. *Fumiers.* — Le fermier en dispose comme il l'entend pour amender ses terres, mais il ne peut en vendre. En fin de bail, le fumier existant dans la ferme peut être gardé par le propriétaire, de préférence à tout autre, après estimation.

Si, à son entrée, le fermier a trouvé du fumier, il doit en laisser la même quantité à sa sortie, ou payer par mètre manquant, suivant le tarif des colons. (VOIR FUMIERS.)

6. *Impôt.* — Les impôts payés par les colons sont applicables aux fermiers.

7. *Maïs, dépouille.* (VOIR DÉPOUILLE DE MAÏS.)

8. *Paiement de loyers.* — Le prix du bail des biens ruraux se paie le 11 novembre, terme échu ; si le paiement est fait en deux fois, il a lieu le 24 juin et le 11 novembre.

L'année de sa sortie, le fermier est tenu de payer le prix de son bail, le 1er novembre, au plus tard.

9. *Pailles.* — Les pailles de froment et seigle, s'il n'y a pas de précédent, appartiennent au fermier ; celles du maïs restent à la métairie.

10. *Redevances.* — Le fermier doit les mêmes redevances que le colon. (VOIR REDEVANCES.)

11. *Soutrage.* — Le fermier peut le couper dès qu'il a trois ans ; il ne peut en disposer pour la vente, échange ou autrement, sans le consentement du propriétaire. L'année de sa sortie il ne peut couper du soutrage à partir du 15 août.

Foins. — Les foins se partagent. Si le colon en a trouvé à sa rentrée, il doit en laisser autant en partant, de là même provenance et, autant que possible, de la même qualité. Le surplus est partagé, et si le colon en a en moins, il doit le payer.

Le métayer rentrant coupe les foins durant l'été qui précède· son arrivée.

Forgeron. — L'abonnement au forgeron est fait pour l'aiguisage de tous les outils aratoires.. Pour une métairie ordinaire, l'abonnement est de un demi-hectolitre de maïs par an.

L'abonnement commence est finit au 11 novembre.

Les outils neufs ne rentrent pas dans l'abonnement.

Fossés. — Les fossés et rigoles d'écoulement sont à la charge du colon.

Froment. — (VOIR ENTRÉE EN JOUISSANCE.)

Fruit. — Le fruit du potager appartient au métayer, excepté à Tarnos où il est obligé de donner un tiers de la récolte ; il est à moitié dans les vergers et champs.

Fumiers. — 1. *Classification.* — Les fumiers sont de deux classes : ceux de dedans et ceux de dehors.

Les fumiers de dedans sont ceux faits dans l'étable ; le soutrage ou autre litière doit être en état de *pourri.* Si le soutrage a été fraîchement apporté, il est séparé et n'entre pas en ligne de compte.

Les fumiers du dehors sont ceux qui sont placés à l'entrée des étables, dans un rayon de dix mètres, de façon à pouvoir recevoir les· déjections des animaux, quand ils sortent, ou le purin qui peut s'échapper de l'étable.

2. *Cubage.* — Si le cubage se fait dans l'étable, on opère suivant les règles en déduisant un dixième pour les vides résultant de l'empilage.

La méthode suivante· est également employée : on transporte sur les terres désignées par le propriétaire, le fumier qu'on distribue par tombereaux, que l'on prend comme tiers du mètre cube.

On estime qu'un mètre de fumier d'étable doit faire, transporté, un mètre cinquante.

Le cubage a lieu pour le colon sortant de la même manière qu'il y a été procédé à sa rentrée.

Lorsque le métayer rentrant a transporté le fumier, s'il n'a pas été mesuré dans l'étable, il doit, avant de le répandre, appeler son prédécesseur pour procéder au cubage.

• 3. *Obligation du colon.* — A l'entrée du colon, le fumier est mesuré et à sa sortie il doit en laisser autant de mètres qu'il en a trouvé ou payer trois francs par mètre manquant (celui de dedans) et 1 franc 50 par mètre (celui de dehors).

En fin de bail, le colon ne doit laisser qu'approximativement le fumier qu'on lui a remis en commençant le bail ; pour en laisser davantage il doit être autorisé par le maître. Dans ce cas, l'excédent lui est payé à raison de un franc cinquante, celui de l'étable et soixante-quinze centimes le mètre de dehors. Ce dernier n'est accepté que s'il est resté entassé pendant trois mois, au moins, et s'il a été fait dans les conditions ordinaires.

On entend par excédent, la moitié des mètres de fumier laissés par le colon en sus de ceux qu'il a trouvés en rentrant, après avoir fumé en temps et lieux convenables, et à doses suffisantes pendant le cours de l'exploitation.

G

Graines. — (VOIR SEMENCES.)

H

Haies. — Les haies vives se plantent à cinquante centimètres de l'héritage voisin. Leur hauteur ne doit pas dépasser 1 mètre 30. Elles doivent être entretenues pour que les branches ne surplombent pas sur le terrain avoisinant.

Haricots verts. — Le métayer ne peut, sans le consentement du propriétaire, ramasser les haricots dans les champs, lorsqu'ils sont encore verts. S'il y est autorisé, il en doit autant au propriétaire qu'il en a pris lui-même. En aucun cas, il ne peut en ramasser pour les vendre et toute infraction à cette défense peut être sévèrement réprimée.

I

Impôts. — L'impôt foncier est payé par le propriétaire. Celui des portes et fenêtres est dû par le colon.

J

Jardins. — (VOIR ENTRÉE EN JOUISSANCE.)

Journées de charrette. — Dans toutes les communes du canton, le métayer doit six journées avec charrette, excepté à Tarnos où il en doit cinq avec charrette et dix de *brasse*.

Lorsque le métayer fait pour le maître plus de six journées, il lui est payé pour chacune :

Lorsqu'il est nourri, deux francs.

Sans être nourri, trois francs.

Lorsqu'il va hors commune, pour toute la journée, trois francs cinquante.

Quelques propriétaires à Biaudos et Tarnos paient un prix unique, fixé à deux francs à Tarnos et deux francs cinquante à Biaudos.

En fin d'année, au réglement de comptes, si le métayer n'a pas fait les six journées avec charrette, qu'il lui doit, le maître est en droit de se faire payer les journées manquantes, à raison de trois francs par journée.

Locations. — Les locations se font à l'année, tant des maisons que des métairies. Cependant, à Tarnos, on loue au mois aux locataires et l'adjonction d'un jardin n'en fait pas un bail résiliable au 11 novembre.

Luzerne. — Ce fourrage, comme le farouch, se consomme en vert ; il ne peut en être vendu sans le consentement du propriétaire s'il y en avait de reste pour le bétail de la métairie.

En cas de sortie du colon, l'excédent est partagé par moitié.

M

Maçons. — (VOIR OUVRIERS.)

Marne. — Le prix du tombereau de marne varie par commune et par section de commune. Généralement on paye le tombereau de marne vingt-cinq centimes.

Il y a plusieurs exceptions. Ainsi à Biarrotte, on paye suivant la distance du lieu d'extraction ; à Saint-Martin, il en est de même, et ce prix varie entre vingt et cinquante centimes : à Biaudos entre vingt et quarante centimes.

A Ondres, le maître paye le pied, c'est-à-dire la levée, soit un franc par mètre cube et le métayer fait le transport.

A Saint-Barthélemy, quelques propriétaires estiment le voyage, en payent la moitié et laissent l'extraction à la charge du métayer.

Chaque tombereau, payable les prix ci-dessus, doit porter un tiers de mètre cube de marne.

Matoc. — On entend par *matoc* le gazon enlevé sur

les *cantères* des champs. Ce produit n'est jamais payé,
si ce n'est à Tarnos où quelques rares propriétaires
le payent cinq centimes le mètre cube, et à Biarrotte
où il est payé deux centimes et demi le mètre.

Meuniers. — 1. *Cheptel.* — Il appartient au meunier.

2. *Congé.* — (VOIR CONGÉS.)

3. *Durée des baux.* — Varie entre 3 et 10 ans. Les
baux sont écrits.

4. *Entretien des bâtiments et digues.* — Cet entretien est à la charge du propriétaire.

5. *Impôts.* — Ils sont payés par le propriétaire.

6. *Partage des récoltes.* — Les terres font partie du
bail du moulin, les récoltes appartiennent dès lors en
entier au meunier.

7. *Poisson de l'étang.* — A Saint-André et Ondres,
le meunier peut pêcher pour sa consommation, mais
la pêche est affermée par le propriétaire. A Saint-Martin, Biaudos et Saint-Laurent, le poisson appartient au
meunier.

8. *Prélèvement sur la mouture.* — Le meunier pré-
lève neuf kilos de grain par hectolitre de 75 kilos, ou
un huitième, au minimum, de la quantité moulue.

Généralement on ne fait pas moudre en payant :
lorsque des meuniers travaillent pour des confrères,
ils prélèvent la moitié de la moulande que ceux-ci
auraient prise aux pratiques.

9. *Redevances.* — Ils n'en payent aucune si elles
ne sont stipulées sur le bail.

10. *Réparations à l'étang.* — Elles sont faites par le
propriétaire, à part celles de petit entretien.

11. *Réparations à l'usine.* — Elles sont faites par
le maître.

Moutons. — L'élevage des moutons se fait à frais
communs ; l'achat et le bénéfice se partagent par
moitié.

O

Oies. — Si l'on fait l'élevage des oies dans une métairie, le capital est fourni par le propriétaire et par capital on entend trois oies et un jars. Le produit de cet élevage se partage par moitié.

Si l'on achète les oies, l'achat est fait en commun et dans le cours de l'année, à la Toussaint, les oies sont partagées, encore maigres. Si le métayer les engraisse, le propriétaire doit fournir la moitié du maïs ; s'il n'en fournit pas, il n'a droit qu'au tiers des oies.

Obligations du colon. — Le colon ne doit rien faire intentionnellement, ne doit rien laisser faire sciemment, qui soit contraire aux intérêts du propriétaire, qui puisse nuire à la bonne marche de l'exploitation, en un mot, il doit user de la chose louée en bon père de famille.

Le colon est obligé de cultiver lui-même.

Dans toute exploitation, le maître a l'autorité et la direction, il est la tête et le métayer n'est que le bras.

Ouvriers. — Les terrassiers, métayers, fermiers, maçons, charpentiers, etc., etc., doivent approximativement onze heures de travail par jour, en toute saison.

En hiver, ils déjeunent chez eux et commencent la journée aussitôt que la lumière du jour le permet ; ils ont une heure pour dîner et ils travaillent jusqu'au crépuscule. Le jour de carnaval, les ouvriers commencent à déjeuner sur le chantier et ils prennent le travail à six heures et demie.

En été, le travail est pris à cinq heures et demie ; on donne, à huit heures, demi-heure pour le déjeuner ; reprise du travail jusqu'à midi ; puis repos de deux heures. Continuation du travail jusqu'à sept heures.

Lorsque le métayer travaille avec le bétail, il commence la journée à huit heures ; il a deux heures de repos à midi et il reprend jusqu'au crépuscule.

P

Pailles. — A Ondres, la paille de froment et de seigle est laissée au métayer pour frais de battage ; à Tarnos, le colon peut en disposer pour la nourriture du bétail et, à l'expiration du bail on la partage.

Dans les autres communes du canton, la paille est partagée et le colon et fermier ne peuvent en vendre qu'autant qu'il leur en restera après une consommation normale.

Partage de meubles. — Lorsqu'en cours d'exploitation, un ou plusieurs membres de la famille du colon se séparent de lui, ils n'ont aucun recours à exercer contre le propriétaire. Ils ne peuvent prétendre à la vente du bétail pour connaître la part du bénéfice qui leur reviendrait dans la communauté, ni à celle des fourrages, même ceux qui appartiennent au colon en fin de bail.

Toutes les dettes contractées pendant la vie en commun sont attribuées à chacun en proportion de la part qu'ils prennent sur les bénéfices.

Ceux qui sèment, soignent et engrangent les récoltes ont seuls le droit d'en revendiquer leur part.

L'enfant adulte qui travaille à la métairie a droit à sa part ; il n'en serait pas ainsi s'il travaillait habituellement au dehors et exceptionnellement chez lui. La femme ne retire qu'une part avec son mari ; les jeunes enfants ne peuvent prétendre à rien.

Partage des récoltes. — On partage toutes les récoltes.

Partage du froment. — Le froment se partage par moitié, excepté à Saint-Barthélemy et à la barthe de Saint-Martin, où le propriétaire perçoit la dîme et à Biarrotte où le maître ne prend que deux gerbes sur cinq.

Partage du maïs. — On partage par moitié excepté à

la barthe de Saint-Martin, où le dixième échoit hors part au propriétaire et à Biarrotte où le maître prend deux piles sur cinq.

Partage des haricots. — Se partagent par moitié.

Partage du vin. — Se partage par moitié.

Lieux de partage. — On partage les froments dehors. Les maïs se partagent dedans, mais si on faisait le partage dehors, le métayer irait le dépouiller chez le maître afin d'en avoir la dépouille.

Le vin se partage au pressoir et si le maître n'en possède pas, le métayer doit transporter le vin du lieu où il a été pressé au chai du propriétaire.

Pins. — D'après la jurisprudence des tribunaux des Landes les arbres pins ne sont pas considérés comme des fruits, mais comme une partie intégrante de l'immeuble et sont, par conséquent, régis par l'article 592 du Code Civil.

Le résinage s'opère du 1er mars à la mi-octobre. Par exception, à Biarrotte, la durée est comptée de Pâques à la Toussaint.

Le propriétaire fournit des pots, plats et crampons, le résinier fait et entretient les quarres ; il met les pots en place et porte la gemme qu'ils recueillent dans des récipients pratiqués *ad hoc* dans le pignadar.

Le prix de la gemme se partage par moitié jusqu'à soixante francs la barrique ; le transport, dans ce cas, des résines et du galipot se paye par moitié. Lorsque le prix de la barrique est supérieur à soixante francs, le maître touche l'excédent mais supporte tous les frais de transport.

Le propriétaire et le résinier doivent se prévenir réciproquement de la cessation de leur bail, à la Noël, le plus tard.

Pour les pins destinés à vie ou pins de place, les travaux de gemmage sont communs à toutes les communes du canton. Ces pins ne peuvent être entaillés que lorsqu'ils ont un mètre de circonférence au moins à 1 m. 33 du sol. La quarre, qui est toujours commencée du côté de l'Est, peut se résiner quatre années de suite : après ce laps de temps, on pratique l'autre quarre au côté opposé de la première qu'on laisse exister pendant le même nombre d'années ; la troisième quarre se fait entre les deux premières et la quatrième à la place restée libre.

La quarre complète ne doit pas avoir plus de neuf centimètres de largeur à la base pour finir à huit centimètres au sommet.

La première année, la quarre aura cinquante centimètres de hauteur, la seconde un mètre, la troisième un mètre soixante et la quatrième deux mètres quatre-vingt.

On peut résiner un pin pendant trente ans de suite.

Les pins d'éclaircissage sont gemmés à volonté ; on doit cependant prendre soin de ne pas dégrader le bois pour la vente. Le propriétaire désigne ces arbres.

Pommes à cidre. — Il y a très peu de pommes à cidre dans le canton. Cette récolte se partage, même les arbres se trouveraient-ils dans le potager de la métairie.

Si l'on fait du cidre, celui-ci se partage par moitié.

Pommes de terre. — Si le propriétaire fournit la moitié de la semence, la pomme de terre se partage par moitié ; si c'est le colon, le propriétaire n'a droit qu'aux deux cinquièmes.

La pomme de terre du jardin appartient en entier au colon.

Porcs. — Le métayer peut nourrir deux porcs, moyennant la redevance de un jambon ; il peut nourrir aussi une truie, pour laquelle il donne un porcelet par portée, choisi par le propriétaire. Si les porcelets sont vendus, le propriétaire prend pour lui le prix le plus élevé que l'un d'eux aura fait.

Si le métayer nourrit plus de deux porcs et moins de cinq, il doit les partager avec le propriétaire, ou lui donner, en outre du jambon, une redevance annuelle de 40 à 50 francs.

Enfin, si le métayer nourrit plus de quatre porcs, la moitié est pour le propriétaire, en sus du jambon qui se doit toujours.

Par exception, à Biarrotte, les porcs s'achètent et se partagent à moitié.

Le partage des porcs se fait pour la Toussaint.

Prairies. — Le colon peut y faire pacager depuis Septembre jusqu'au 1er Février.

Les métayers de Biarrotte possèdent à Sainte-Marie et à Saint-Martin-de-Hinx des prairies barthes administrées par des syndicats dont les règlements sont établis par des actes notariés.

Prestations. — Elles sont faites par le métayer avec le bétail de la métairie. S'il fait celles du propriétaire, le payement a lieu suivant les usages établis entre eux.

Primes des Comices et Concours. — Les primes obtenues aux concours cantonaux, en ce qui concerne l'espèce bovine, sont laissées entièrement aux métayers, qui supportent tous les frais de préparation.

En ce qui concerne les chevaux, les primes se partagent par moitié, tous les frais d'élevage étant aussi par moitié.

R

Redevances. — Le colon et le fermier doivent au maître certaines redevances dont le paiement se fait en nature ou en argent, au choix du propriétaire. Ils donnent, dans toutes les communes, deux paires de poulets à Pâques, et à Biarrotte ils en donnent trois paires. Ils portent également le jour de Pâques, mais seulement à Saint-Martin, une douzaine d'œufs à Saint-Martin *haut* et à Tarnos et deux douzaines à Saint-Martin *barthe*. Ils donnent à Noël deux paires de chapons à la barthe de Saint-Martin et à Tarnos ; dans toutes les autres communes, une paire.

Ils doivent un jambon par année de métayage, qu'ils portent ordinairement vers le 1er janvier. (Cette condition n'est pas imposée à Tarnos.)

Chaque métayer donne, dans toutes les communes, six grands balais et six petits.

Certains propriétaires à Tarnos, Biaudos et Saint-Martin-barthe, exigent une redevance annuelle, en numéraire. A Tarnos elle est de vingt francs, mais elle se compense avec le prix des travaux faits pour le compte du propriétaire par le colon ou le fermier : elle est la représentation et comme la sanction des cinq journées de bétail et dix journées de brasse, imposées par le propriétaire.

A Biaudos et Saint-Martin-barthe, cette redevance est toujours due ; elle varie entre 18 et 50 francs à Biaudos, suivant l'importance de l'exploitation, et entre 25 et 30 francs à la barthe de Saint-Martin.

Dans les autres communes cette redevance n'est pas exigée.

Si le colon ou fermier ne payent pas en nature, voici les prix qui sont exigés pour les redevances. On paye pour un jambon, douze francs excepté à Ondres où on ne donne que dix francs et à Biaudos, chez de rares propriétaires, où on donne quinze francs. Les chapons sont payés six francs, les poulets, trois francs la paire, la paire d'oies maigres, dix francs et la douzaine d'œufs, soixante centimes.

Regain. — Le regain appartient au métayer ; s'il quitte l'exploitation il doit laisser à sa sortie l'excédent de ce qui n'a pu être normalement consommé avant le 11 Novembre. Il ne peut en vendre.

Réparations locatives. — Généralement, on se contente de faire remplacer les carreaux de vitre, les serrures, les carreaux des chambres, les gonds, les pentures, les tablettes des cheminées, les verroux, les barrières dites *claies*.

On exige aussi le blanchissage de la cuisine et des chambres à coucher.

S

Semences. — Les semences et graines de fourrages sont fournies à moitié par le propriétaire et le tenancier ; toutes les autres sont à la charge exclusive du tenancier.

Soutrage. — Le colon ne peut vendre du soutrage : il est exclusivement réservé aux besoins de la métairie ; il ne peut en couper depuis le 15 Août, l'année de sa sortie, s'il n'y est autorisé par le propriétaire.

On paye au colon pour chaque charrette de soutrage qu'il coupe et porte chez le maître : à Biaudos, deux francs et dans les autres communes, excepté à Ondres, un franc vingt-cinq centimes. A Ondres on ne paye rien au colon.

T

Tailleur. — Il y a trois sortes d'abonnements :

1° Si le tailleur coud chez lui, il prend une mesure et demie de maïs par homme et par an, pour la façon de tous les costumes, sauf celui de marié ; il prend, en outre, 5 francs pour tout costume d'habiller, en drap ;

2° Si le tailleur coud chez le client, où il est nourri, il prend une mesure de maïs par homme et par an ;

3° Si le tailleur, cousant chez lui, fait tous les costumes, à l'exception de celui de marié, il prend un demi-hectolitre de maïs.

Les abonnements partent du 11 Novembre ; on doit se prévenir mutuellement, de la cessation, le jour de la Toussaint.

Taillis. — Les taillis sont toujours réservés par le bailleur.

A Tarnos, le métayer doit éclaircir les taillis suivant les indications du propriétaire ; il reçoit, en échange, le droit de ramasser la feuille. Dans les autres communes, il ne peut faire usage de la feuille, s'il n'y est formellement autorisé. Quelques propriétaires, faisant exception à la règle, autorisent, sans permission préalable, l'usage par le colon du menu bois des éclaircissages.

Les tenanciers ne doivent pas laisser le bétail dans les taillis jusqu'à ce que le propriétaire juge le bois suffisant pour ne pas souffrir des atteintes du bétail.

Taureau. — L'achat du taureau est fait par moitié par le propriétaire et le colon.

Le produit des saillies est partagé par égales parts, ainsi que les dépenses. Les vaches du propriétaire sont saillies gratuitement ; celles des métayers du propriétaire ne payent que la moitié, imputable au métayer seulement.

Terreau. — Le prix du tombereau de terreau varie par commune et par section de commune. Voici les prix généralement adoptés : cinq centimes celui de dehors, deux centimes et demi celui de dedans.

On entend par terreau de dehors, tout celui qui est extrait hors de la parcelle où il est apporté, quelle que soit la distance.

Le tombereau doit contenir un tiers de mètre cube de terreau.

Transports. — Le métayer est obligé de transporter, sans aucune rétribution, les fumiers, les engrais, les matériaux pour l'entretien des bâtiments .d'exploitation ainsi que les récoltes de la métairie au grenier du propriétaire. Tous les autres transports doivent lui être payés.

V

Vaches de travail. — Le métayer n'a aucun droit au lait des vaches de travail, ou rouges ; il ne doit les traire après qu'elles ont vêlé, que pour leur faire perdre le lait, le plus vite possible et graduellement ; jamais, en aucun cas, la traite ne doit dépasser vingt jours.

Le métayer ne peut vendre ce lait ; s'il en vendait, la moitié du produit de la vente, appartiendrait au propriétaire.

Vétérinaire. — On prend des abonnements avec le vétérinaire ; il est généralement de un demi-hectolitre de maïs par tête de bétail, par an.

Si l'on paye en argent, il est donné 6 francs par tête de bétail par an et 8 francs avec la pharmacie.

Vignes. — *Culture intercalaire.* — Lorsque le métayer plantait la vigne à ses frais, il ne pouvait jouir de la culture intercalaire pendant un an à Saint-Martin, trois ans à Saint-André. Mais depuis que les pripriétaires ont adopté la plantation à compte. et demi, cet usage est tombé en désuétude.

2. *Distance.* — La vigne, quoique arbre fruitier, n'est pas soumise à l'obligation de distance.

3. *Frais d'entretien.* — Les fournitures nécessaires pour sulfatages, soufrages, badigeonnages, etc... sont à moitié ; la main-d'œuvre est à la charge du métayer.

4. *Labours, sarclages.* — Les labours, sarclages, tailles et façons de toutes sortes, sont faits par le métayer.

5. *Piquets*. — Le propriétaire fournit le bois. La coupe, le transport, l'écorçage, l'appointage et le brûlage sont faits par les métayers.

5. *Plantation*. — Tous les frais de plantation se payent par moitié.

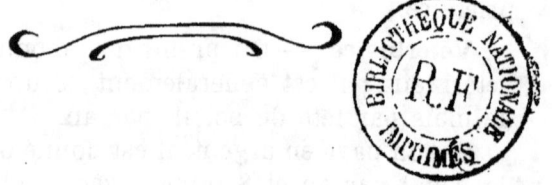